LES ANGOISSES

PAR

M. MARIE LEFEBVRE

To be or not to be
SHAKSPEARE

PRIX : UN FRANC

ALGER
LIBRAIRIE ALGÉRIENNE DE DUBOS FRÈRES

—

PARIS
CHALLAMEL, 30, RUE DES BOULANGERS
Mars 1859

LES ANGOISSES

PAR

M. MARIE LEFEBVRE

To be or not to be !
[SHAKESPEARE]

PRIX : UN FRANC

ALGER
LIBRAIRIE ALGÉRIENNE DE DUBOS FRÈRES

PARIS
CHALLAMEL, 30, RUE DES BOULANGERS

Mars 1859

LES ANGOISSES

To be or not to be.
SHAKSPEARE.

I

Sur la terre d'Afrique, au jour de ta naissance,
Peuple ! un signe funeste a-t-il marqué ton front ?
De ton berceau maudit écartant l'espérance,
Dieu te condamna-t-il à frapper d'impuissance
    Les mains qui sur toi s'étendront ?

— Plusieurs fois je t'ai vu, soulevant ta paupière,
Comme un homme endormi tout d'un coup tressaillir !..
Je t'ai vu te dresser debout dans la carrière,
Et de tes pieds ardents secouer la poussière
    Pour t'élancer vers l'avenir !

Un grand silence alors se faisait sur ta route :
Nous sentions que l'Europe avait les yeux sur nous !
— Et l'urne de l'espoir s'emplissait goutte à goutte !
Et nos amis joyeux s'écriaient: « Plus de doute ;
    « Il va marcher!.. Le voyez-vous? »

Et toujours cependant l'effort était stérile,
Car l'appui de tes pas se brisait dans ta main...
— Essuyant de ton front la sueur inutile,
Toujours tu revenais, plus triste et plus débile
    Te rasseoir au bord du chemin !

— Eh quoi ! faudra-t-il donc, ô ma jeune patrie,
Qu'en ta fortune en vain tant d'hommes aient eu foi ?
Terre de notre choix, malheureuse Algérie,
Si le ciel eût voulu, nous t'aurions tant chérie !..
    Faut-il désespérer de toi?

II

Laissez-moi rappeler l'histoire
De nos rêves toujours déçus ;
Rêves de bonheur et de gloire,
Comme un vain brouillard disparus !
Autour des ruines glacées
De nos illusions passées,
Laissez mon esprit s'égarer !
De ce livre aux sombres images
Laissez-moi feuilleter les pages ;
Laissez ! j'ai besoin de pleurer !

Trente ans bientôt ! Trente ans, depuis l'heure suprême,
L'heure où la main de Dieu sembla s'ouvrir pour toi !
Peuple, te souviens-tu de ton sanglant baptême ?
Peuple, (t'en souvient-il ?) ton parrain fut un roi.

— Une dame, autrefois, pour venger son outrage,
Armait un chevalier par son amour choisi ;

L'humanité de même, en montrant cette page,
Dit à la France un jour : « Prends ton glaive, et vas-y ! »

La France vint ! Ce fut une prompte conquête :
Le drapeau blanc flotta sur ce pays dompté ;
Mais, à peine avait-il couvert ta jeune tête,
Qu'il disparut soudain, par l'orage emporté !

Dix ans plus tard, pendant que notre main loyale
Ouvrait tes durs sillons, pendant ce temps, là-bas,
Des trafiquants vêtus de la pourpre royale
La balance à la main, s'entretenaient tout bas :

« Donnez-le moi, disait la jalouse Angleterre ;
— « Mais il nous a coûté beaucoup ! » — Donnez-le moi ;
« Donnez ! j'ai beaucoup d'or, vous aurez un salaire... »
O mon pauvre pays, il s'agissait de toi !

Plus tard, (c'était avant nos discordes civiles,)
Un souffle releva ton front humilié ;

Tu vis fleurir les champs, et s'élever les villes ;
T'en souviens-tu ?... L'exil ne l'a pas oublié.

Car sur la France encor s'abattit la tempête ;
L'orage, d'un coup d'aile, emporta ton espoir ;
Tu suivis jusqu'au port, triste et baissant la tête,
Ces bienfaiteurs... que tu ne devais plus revoir !

Chose étrange ! Debout au seuil même du bouge
Où ses fureurs alors sans relâche hurlaient,
L'émeute, par mégarde, ôtant son bonnet rouge,
Salua tristement ces rois qui s'en allaient !

Gloire à toi, jeune peuple ! Il reste une statue
Que dans ces jours mauvais entourant de ses bras
Contre un torrent sans frein la foule a défendue...
Elle est debout pour dire : « Ils ne sont pas ingrats ! »

Ainsi, toujours poussés du doute à l'espérance,
Tes destins orageux voguaient vers l'inconnu,
Pauvre peuple ; — et le temps s'enfuyait ; et la France
Se demandait parfois : « Qu'est-il donc devenu ? »

— Un jour, pourtant, aux yeux de l'Europe incertaine,
La patrie étala l'or pur de tes épis ;
Et le doigt étendu vers ta plage lointaine,
Te montra toute fière, en disant : « C'est mon fils ! »

Et j'espérai ! Bientôt, ce fût une autre fête :
Tes hourras se mêlaient aux salves du canon ;
Et je prêtai l'oreille, ô peuple ! et sur ta tête,
J'entendis tout-à-coup retentir un grand nom !

Un nom ! à lui tout seul c'était une promesse !
Et tu crus que ta cause à la fin triomphait,
Tu saluas ce jour d'un long cri d'allégresse...
— O mon peuple, dis-moi, quel mal as-tu donc fait ?

Quel mal as-tu donc fait pour que cet anathème
Te suive pas à pas sur ton rude chemin ;
Pour que toujours, toujours, comme un sombre problème
Se dresse devant toi ce mot fatal : « Demain ! »

III

Demain ! est-ce l'heure bénie
Qui marquera ton premier pas ?

Est-ce l'heure de l'agonie,
Ou l'heure de nouveaux combats ?
Demain, demain, est-ce la France
D'une sublime récompense
Couronnant ton sublime effort ?
Est-ce le soleil, ou l'orage ?
Est-ce le port, ou le naufrage ?
Est-ce la vie ? Est-ce la mort ?

IV

Trêve un moment, ô France, à tes rêves de gloire !
C'est un spectacle grave aux regards de l'Histoire,
Tous nos milliers de bras qui se tendent vers toi !
Tout ce peuple qu'à peine en tes conseils on nomme,
Et qui s'est aujourd'hui levé comme un seul homme
        Pour crier : « Je meurs, sauve-moi ! »

Peuple ! redouble de prières :
La France n'a pas entendu !
Le bruit des fanfares guerrières
A couvert ton sanglot perdu !

Gémis jusqu'à ce qu'on réponde !
— A l'heure où la tempête gronde,
L'humble mousse qui tombe à l'eau,
De peur que le flot ne l'emporte,
S'attache d'une main plus forte
Aux agrès flottants du vaisseau !

Eh quoi ! ce peuple, ô France, il t'appelle : « ma mère ! »
Pour aller secourir les fils d'un étrangère,
Laisseras-tu ton fils mourant sur ton chemin ?
L'Algérie, elle aussi, lutte sur un abîme ;
Et, pour sauver sa vie et t'épargner un crime
     Tu n'as qu'à lui tendre la main !

Ah ! Quand au fort de la tourmente,
La voix de ton peuple, en tout lieu
Tonnait, orageuse et puissante,
On disait : c'est la voix de Dieu !
Non ! Dieu n'est pas dans cette foule
Qui, comme un torrent, gronde et roule
Autour des palais en débris ;
Non ! cette clameur orgueilleuse
N'est point sa voix mystérieuse...
Je n'entends pas Dieu dans ces cris !

Mais quand un opprimé qui sent venir son heure,
Quand un peuple aux abois s'agenouille et qu'il pleure,
Malheur à qui voudrait brusquement l'écarter !
Par la voix de ce peuple alors c'est Dieu qui crie
Dieu qui pleure et se plaint, qui menace et supplie,
        Dieu qui parle... Il faut écouter !

V

Ah ! si la France encor détourne sa paupière,
Nous n'irons plus lasser d'une vaine prière
        Ses dieux sourds à nos cris ;
Non ! mais songeant tout bas à nos sueurs perdues,
Nous briserons sans bruit le soc de nos charrues
        Dans nos sillons maudits !

— Puis, un jour que nos yeux, longuement sur la plage
Auront des vaisseaux fiers suivi le long sillage, —
        Nous irons dire adieu
A nos amis tombés sous le fardeau des peines,
Pour qu'ils dorment en paix dans leurs tombes lointaines
        Sous le regard de Dieu !

— Et puis, le désespoir envahissant nos âm ,
Dans nos bras fatigués nous presserons nos emmes,

Et nos enfants muets ;
Nous leur dirons merci pour leur amour sans borne,
Et nous déposerons un baiser triste et morne
Sur leurs fronts inquiets :

« Femme, tu m'as suivi par la route inconnue,
« Quittant, sans murmurer, la famille éperdue,
« Et les foyers amis !
« Pardonne, j'espérais ! Mon âme fut frappée
« D'un [illegible] insensé ! Femme, je t'ai trompée...
« Retournons au pays ! »

Nous partirons. La mer, de sa plainte éternelle,
Bercera quelques jours notre angoisse cruelle ;
— Un soir, les pieds poudreux,
Nous viendrons au foyer nous asseoir en silence,
Et nous y trouverons, après la longue absence
Des vides douloureux !

« Je le savais ! » dira quelque triste prophète,
Quelque voisin railleur qui hochera la tête
Avec un rire amer...
Et nous, gardant au cœur ta mémoire chérie,
Nous t'absoudrons tout bas, ô ma pauvre Algérie !...
— Puis, dans les jours d'hiver,

Ton image plus vive en nous viendra se peindre ;
En rêvant à ton ciel nous entendrons se plaindre
          L'enfant, pâle et transi,
Qui nous dira, levant son humide paupière :
« Où donc est le soleil ? Allons-nous en, mon père ;
          « Il fait trop froid ici ! »

Et pendant ce temps-là sur de jeunes ruines
Où la ronce d'Afrique étendra ses racines,
          L'Arabe indifférent
Viendra chercher le frais à l'heure accoutumée,
Et sa lèvre indolente, en lançant la fumée,
          Dira : « Dieu seul est grand ! »

VI

Éloigne cette heure funeste
O mon peuple, appelle au secours !
Crie : « A moi la France ! » — et, du geste
Montre-lui l'abîme où tu cours !
Et si ton cri, pauvre Algérie,
Ne va pas jusqu'à la patrie,

Si tu dois descendre au cercueil,
Pendant que l'Europe distraite
Passera sans tourner la tête,
J'entonnerai ton chant de deuil ;

Pour qu'il ne soit pas dit qu'une fille de France
N'ait vu sur son tombeau personne agenouillé ;
Et que l'oubli jaloux, de son linceuil immense
    Ait recouvert tant d'espérance,
Sans que l'œil d'un ami de pleurs se soit mouillé !

Assis sur un pan de murailles,
Seul au bord de quelque ruisseau
Je chanterai tes funérailles,
Comme j'ai chanté ton berceau.
Je dirai tes efforts sublimes,
Je dirai tes nobles victimes ;
Et puis, au nom de l'avenir,
Je dirai malheur ! à la France
Qui t'a parlé de délivrance,
Et qui t'aura laissé périr !

Et du fond des déserts, comme un cri de détresse,
Ma voix retentira sous de nobles lambris ;
Jusqu'à l'heure où les vents, dans ma main qui la presse

Brisant la lyre vengeresse,
A l'eau de tes torrents jetteront ses débris !

VII

Le poète pleurait ! et ces images sombres
Dans la nuit de son cœur passaient comme des ombres,
Quand sur son pâle front soudain vint murmurer
Une brise du ciel qui disait d'espérer !
« Oh ! regarde ! disait la voix mystérieuse.
« Regarde, le ciel brille, et la terre joyeuse
« Se réveille ; et déjà, dans les airs réjouis
« Le doux printemps sourit à tes yeux éblouis !
« Va ! cet ardent foyer de lumière et de vie,
« Ce bel astre de Dieu, ce soleil d'Algérie
« Qui fait autour de toi gonfler ces bourgeons verts,
« Ne doit pas à jamais briller sur des déserts !
« Le souffle d'un mortel éteindrait cette flamme
« Avant que de ton peuple on puisse arracher l'âme !
« Désormais, né d'hier il peut croire à demain ;
« Et, dût-il bien longtemps, par un rude chemin,
« Chercher de l'avenir la promesse lointaine ;
« En détournant les yeux, dût la France incertaine
« Sur l'autel du Hasard elle-même l'offrir ;
« L'ALGÉRIE EST AU MONDE, ET NE PEUT PLUS MOURIR ! »

Miliana, mars 1859.

Alger. — Imprimerie de A. BOURGET, rue Sainte, 2.

www.ingramcontent.com/pod-product-compliance
Ingram Content Group UK Ltd.
Pitfield, Milton Keynes, MK11 3LW, UK
UKHW020011130726
13694UKWH00005B/2234

9 782013 580236